НАТАЛЬЯ РЕЗНИК

О

ЛЮДЯХ

И ТАРАКАНАХ

Copyright © 2025 Natalya Reznik
First Edition © 2025 Virgola Press

Cover Image by Wassily Kandinsky: Complex-Simple is in Public Domain
Cover design © 2025 Virgola Press

Author photograph courtesy of the author

All rights reserved. No part of this publication may be reproduced, stored in a retrieval system, or transmitted in any form or by any means—electronic, mechanical, photocopying, recording, or otherwise—without the prior written permission of the publisher.

Published by Virgola Press, New York
www.virgolapress.com

ISBN: 978-1-968788-16-2

НАТАЛЬЯ РЕЗНИК

О ЛЮДЯХ И ТАРАКАНАХ

РАССКАЗЫ

О НЕОБЯЗАТЕЛЬНЫХ ЛЮДЯХ

Одной из основных загадок мироздания являются для меня необязательные люди. Иногда мне бы хотелось залезть кому-нибудь из них в мозг и посмотреть, что там происходит.

Позвонила в прошлом году прекрасная женщина из одного не менее прекрасного города.

- Мы хотели бы пригласить вас выступить у нас в городе, - сказала она, - если вы, конечно, не против.

- Я, конечно, не против, - сказала я. - Когда?

- А я вам позвоню через несколько дней, и мы обо всем договоримся.

Она позвонила через месяц.

- Куда же вы пропали? - спросила она.

- Я пропала? Я ждала вашего звонка.

- Ах, вот как, - задумалась она. - Тогда дайте мне ещё несколько дней.

Прошло три месяца. Она позвонила:

- Здравствуйте, вы меня помните?

- Не могу забыть.

- Я, собственно, звоню сказать, что уезжаю в отпуск.

- Поздравляю вас.

- Так что все откладывается на время моего отпуска.

Отпуск длился два месяца. Эх, мне бы такой отпуск...
Но мы отвлеклись. Через два месяца она позвонила:

- Вы ещё хотите у нас выступить?

- Да как вам сказать...

- Я почему звоню: сейчас лето, все разъезжаются. Я
вам позвоню осенью.

- Договорились. Осенью. Ровно в шесть вечера.

- Что? Ах, вам удобнее вечером? Договорились.

Так вот, я бы хотела ее включить в завещание. Если
она объявится после моей смерти, прошу ей
передать, что я ненадолго вышла, но вот-вот
перезвоню.

ПРО ТАРАКАНОВ И ЛЮДЕЙ

Расскажу вам сказку. В одной квартире жили люди и тараканы. Тараканов было гораздо больше, размножались они очень быстро и становились наглее и наглее, захватывая все большую часть квартиры. В конце концов, люди махнули рукой и съехали.

Тараканы после этого еще собирались, митинговали, клеймя людей: мол, недостаточно любили свою квартиру, продались врагам, враги квартиры, а вот уж мы, тараканы, квартиру свою любим больше жизни и никуда из нее не уедем.

И так продолжалось, пока с отъездом людей не кончилась и еда.

Тогда тараканы начали жрать друг друга. А заместитель Главного Таракана однажды так оголодал, что сожрал начальника. Выполз тогда заместитель на трибуну, к которой уже подбиралась голодная толпа, и крикнул: «Давайте позовем людей назад!»

И вернулись люди, привезли еды, и пошло все у них хорошо.

И сложили в квартире сказку об этом времени, которую передавали потом из уст в уста: «О том, как тараканы квартиру от голода спасли».

ИЗ ЛИЧНОЙ ПЕРЕПИСКИ

Один человек написал мне письмо. Он написал так: «Я давний поклонник Вашего творчества. Не поможете ли Вы мне напечататься в каком-нибудь журнале?»

Я вежливо ответила, что не могу помочь, поскольку не связана с редакцией ни одного журнала.

Тогда он написал мне опять. Он написал: «Что-то подсказывало мне, что Вы откажетесь помогать. Вы очень много о себе возомнили, хотя не совсем понятно, откуда у Вас столько спеси. Между прочим, я сам поэт. К тому же я пишу стихи. Причем стихи у меня не хуже Ваших, не говоря о некоторых классиках русской литературы. Прилагаю к этому письму файл. В нем триста моих лучших стихотворений. Рассчитываю на то, что в ближайшее время Вы их прочтете и вышлете мне благосклонный отзыв.»

На это письмо я, подумав, решила не отвечать.

Через некоторое время он написал опять. Он написал: «Я сожалею о чрезмерно резком тоне предыдущего письма. Но и Вы войдите в мое положение. От меня ушла жена, причем ушла не одна, а вместе с квартирой. Я остался без жилья и средств к существованию, поскольку моя поэзия в силу своей недооцененности пока дохода не приносит. Вы же благополучно живете в Америке. Не поможете ли Вы мне с американской визой? Меня устроит фиктивный брак».

Я ответила: «Я замужем».

И он написал опять. Он написал так: «Я вижу, что диалог с Вами в целом бесполезен, как и Вы сами.

Но я знаю, что у Вас масса полезных знакомств. Раз уж Вы не в состоянии сделать ни одного доброго дела, то, может быть, познакомите меня с литератором, заслуживающим большего внимания, чем Вы сами?»

Я ответила: «Нет».

И тогда он написал еще раз. Он написал: «Я должен был сразу понять, что Вы мелкий, черствый и эгоцентричный человек. К тому же Вы бездарны, а мните о себе Бог знает что. Имейте в виду, что в моем лице Вы навсегда потеряли читателя и поклонника, хотя я и раньше Вас не читал. И вообще, не пошли бы Вы…»

И я, облегченно вздохнув, пошла.

ТУАЛЕТ В ЛУГЕ

*Это будет просто рассказ. Без морали и
политической составляющей. Лирическое
воспоминание со счастливым концом.*

Однажды я поехала к подруге автобусом Санкт-
Петербург - Псков. Автобус идет шесть часов, и
туалета в нем нет, но он делает десятиминутную
остановку в Луге. В Луге все женщины выскочили из
автобуса и немедленно куда-то побежали. Я не
последовала их примеру, а отправилась в здание
автовокзала. В здании автовокзала туалета не было,
к тому же там было трудно передвигаться: на полу
мирно спали пьяные. Я вышла из здания вокзала и
направилась в привокзальное кафе. В кафе туалета
не было, а по стеночкам спали пьяные. Я решила,
что это местные жители, передумавшие в последний
момент уезжать из Луги, но, возможно, это были и
приехавшие в Лугу туристы - кто знает! Из кафе я
пошла в привокзальный магазин, где тоже не было
туалета, и, как требует не только поэтический
рефрен, но и жизненная правда, у стен аккуратно
отдыхали нетрезвые мужчины.

К этому времени десять минут стоянки истекли, и я
вернулась в автобус.

В Пскове меня встречала подруга, спросившая сразу:

- Наташка, ты нашла в Луге туалет?

Я честно ответила:

- Нет.

И она, облегченно вздохнув, сказала:

- И слава богу!

А кто скажет мне, что это не счастливый конец, может смело отправляться в Лугу.

РОДСТВЕННИКИ

Всего за каких-то сто долларов и бутылочку ДНК я получила в дар троюродного брата.

Троюродный брат немедленно пригласил меня в гости.

Я пришла в чопорную американскую семью (моего новоиспеченного родственника привезли в Америку ребёнком).

- Не хотите ли коктейль в качестве аперитива? - спросил троюродный брат по-английски.

Я в принципе хотела коктейль, а лучше коктейля сразу три-четыре, чтобы побороть неловкость, но не успела ничего ответить, как он добавил:

- Мне придётся звать старшего сына, он у нас в семье самый высокий. Весь алкоголь на верхней полке, чтобы не достал папа.

- А что ваш папа делает с алкоголем? - удивилась я.

- Как что? - в свою очередь удивился он. - Пьёт. Все, до чего может дотянуться, сразу выпивает.

Папа, как выяснилось, жил в нижней квартире дуплекса и явился минут через пять.

То есть сначала появился тазик винегрета, за которым было практически не видно маленького пенсионера-папу в залихватской кепке.

- Винегрет, - обьявил папа. - Наливай!

Мы с папой быстро нашли общий язык. По-английски он говорил с трудом, его внуки не говорили по-русски вообще, и пока американская семья сына аккуратно жевала белое мясо курицы, запивая его белым вином, мы с папой в кепке догонялись водкой, закусывая ее винегретом из тазика.

- Муж есть? - деловито спросил меня папа.

- Есть.

- Дам тебе винегрета для него. Эти ж, - он мотнул головой в сторону невестки и внуков, - человеческой еды не едят, а ты уехала от мужа, он теперь голодный сидит.

Дело происходило в Калифорнии, куда я приехала в командировку.

- Не надо винегрета, - сказала я папе в кепке, - мне некуда его положить, а у мужа еда есть.

- Какая еда может быть лучше моего винегрета? - возмутился папа. - А родители у тебя есть?

- Мама есть.

- Дам тебе две банки винегрета: одну мужу, одну маме. Мама пьёт?

- Нет.

- Значит, так съест. Кстати, пора выпить, а то с ними с тоски помрешь.

Он налил нам обоим и громко сказал:

- Let's drink to Trump. He is my favorite.

Семья напряглась.

- Let's not, - осторожно ответил сын, - you know, father, we don't share your views.

- Вот, - сказал папа, - по крайней мере, хоть с чем-то

соглашаются, хотя и дураки. То ли дело мы с тобой: мы с тобой родственники, сразу видно. Ты и похожа на меня в молодости. Я тоже был раньше, как ты, высокий и стройный. Дам тебе три банки винегрета, сама тоже поешь, женщина в твоём возрасте должна больше места занимать.

- Мы не родственники, - сказала я папе. - Уже проверили. Мы с вашим сыном родственники, а с вами нет.

- А мама твоя?

- И с мамой моей вы не родственники. Родство, видимо, по линии моего отца и матери вашего сына.

- Стоп! - оживился папа, решительно сдвинув набок кепку. - С мамой твоей мы не родственники, значит! Пусть приезжает, купишь ей билет. Остановится у меня. Мама-то пожилая небось, питается плохо, воздухом не дышит, а у меня винегрет, океан, омоложу ее за один приезд. У меня гёрлфренд здесь есть, была старая, больная, а начала со мной встречаться, - не узнать. Сам не узнаю.

Уходя, он сказал мне:

- Приезжай ещё, пьёшь как человек. Наша порода. Анализам не верю. Все врут, но Трамп их ещё выведет на чистую воду.

- Как вам понравился мой папа? - спросил на прощанье американский брат. - Он сказал вам, что у него есть гёрлфренд?

- Сказал.

- Он солгал. На самом деле у него их две.

- Какая загадочная вещь ДНК, правда, - добавил он без видимой связи. - Я не пью водку, мои дети не едят винегрет. А мы с вами так и не разобрались в степени нашего родства, и спросить уже некого.

Спросить некого, а потерянных связей, как теперь выясняется, у меня полно: по всей стране разбросаны дальние американские кузены, а также их странные родители, бабушки и дедушки, мои ближайшие родственники по линии водки, винегрета и СССР.

ВОСПОМИНАНИЕ ОБ ОЧЕРЕДИ

Дело было в конце советских времен. Или в начале постсоветских. Впрочем, это принципиального значения не имеет. Мы шли с подругой по Невскому и наткнулись на Очередь.

- За чем стоите? - спросили мы.

- За апельсинами, - ответила Очередь.

В такую очередь нельзя было не встать. Она была многообещающа, хотя и несколько статична. Продвигаясь некоторое время ползком, она в конце концов остановилась, поскольку стояла на улице, а дверь в магазин неожиданно закрыли. Очередь от обиды начала бухтеть, топать для сугрева ногами и ругаться не вполне цензурно.

Мы с подругой были юны и полны сил.

- Зачем же бухтеть в пустоту? - обратились мы к Очереди. - Это же безобразие. Надо выяснить, почему магазин закрылся посреди рабочего дня.

- А вот вы, девочки, и выясните, - обрадовалась Очередь. - Вы молодые, пойдите, разберитесь там.

Очередь расступилась перед нами, мы застучали в дверь, та открылась и пустила нас в душное пространство магазина, где уже стояла Рожа.

- Че надо? - спросила Рожа.

- Заведующего, - ответили мы.

- Ну я заведующий, - сказала Рожа. - А че надо?

- Надо выяснить, почему магазин закрыт.

- А! Выяснить! - ухмыльнулась Рожа. - Щас выясним.

Мы пошли вслед за Рожей в кабинет, где она, продолжая ухмыляться, сообщила:

- Вот люди тут работают, а вы приходите, хулиганите, кабинет мне разгромили.

- Мы?! - не поверили мы.

- А кто ж? - сказала Рожа и вдруг вывернула на пол содержимое ящика письменного стола.

- Видите, - засмеялась Рожа. - Это вы сделали.

Кабинет постепенно стал заполняться Работниками магазина. Они тоже стояли и ухмылялись.

- Вон у меня сколько свидетелей, - заулыбалась Рожа. - Они все подтвердят.

- Подтвердим, подтвердим, - ответно заулыбались Работники.

- Как же вам не стыдно! - крикнула я Работникам.

- Мне-то? - переспросил один из Работников и толкнул меня так, что я отлетела к другому Работнику, который весело и с такой же силой толкнул меня обратно, откуда меня тотчас же толкнули опять.

Какое-то время мной и подругой играли как мячиками, но Рожа вдруг посерьезнела и скомандовала:

- Хватит. Отведем их в милицию.

Так как поход в милицию отчасти совпадал с нашими намерениями, мы позволили вытолкать себя с черного хода во двор, где действительно обнаружилось отделение милиции. Милиция, правда, жила по расписанию, похожему на расписание магазина, поскольку попасть внутрь не удалось. Дверь в отделение была заперта, и на стук никто не вышел.

- Ладно, - сказала Рожа, - считайте, что вам сегодня повезло.

Работники во главе с Рожей вернулись в магазин, и мы остались во дворе одни.

И не успела я броситься обратно к отделению, как подруга моя вдруг начала рыдать. Она плакала навзрыд и что-то сбивчиво говорила. Я поняла только, что если я пойду в милицию, она этого не переживет. И я поклялась ей, что жаловаться не буду и что сделаю вид, что этого события в нашей жизни не было.

И вот, прошло тридцать лет. Теперь, наверно, я уже могу рассказать эту историю, не жалуясь ни на кого. Адреса магазина я не помню, имен не называю, Рожу не узнаю из миллиона рож. Но тридцать лет я вспоминаю ту Очередь. Ведь мы к ней не вернулись. Что с ней сталось? Волновалась ли, интересовалась ли, куда мы делись, пыталась ли добиться справедливости. Или и сейчас стоит, ждет, что дверь все-таки откроют...

ПСИХОЛОГИЧЕСКАЯ ПОМОЩЬ

Много лет назад, благодаря гуманным законам штата Колорадо, я была отправлена на обязательный курс для разводящихся родителей несовершеннолетних детей. Курс можно было пройти маленькими дозами за несколько дней или принять залпом за шесть часов. Я выбрала второе, чтобы не растягивать удовольствия.

Курс явно пользовался популярностью среди местных жителей, поскольку пришла я туда не одна. Нас оказалось трое, включая женщину-инструктора. Печальный разводящийся мужчина печально сел в углу и довольно скоро начал тихонько храпеть.

- Мы не должны обманывать своих детей! - вдруг нечеловеческим голосом завопила женщина-инструктор.

Мужчина проснулся.

- Вы обманываете своего ребёнка? - заорала она на него.

Он вжался в стул, но она ответила за нас обоих:

- Вы обманываете своих детей! Мы все обманываем своих детей! Мы целуем им царапину на коленке и говорим, что больно не будет. Это ложь!

Собравшийся было вторично вздремнуть отец подпрыгнул вместе со стулом.

- Будет больно! - продолжила психолог. - Будет плохо и больно и ещё больнее. И не думайте, что поцелуями можно что-то исправить.

Тут она засмеялась страшным сардоническим смехом и несколько раз повторила:

- Поцелуи! Обман! Один обман!

Затем она подошла к потерявшему сон отцу и сказала:

- Вы! Вы! Расскажите группе, почему вы расстались с матерью вашего ребенка!

- Я? - Пробормотал отец. - Зачем?

- Группа хочет услышать и обсудить, - постановила психолог.

Группа в моем лице начала деловито завязывать развязавшийся шнурок, то есть, наоборот, развязывать завязавшийся.

- Мы... это... м-м-м... того... - донеслось до меня, - В общем, она меня оставила.

- Вот! Вот! - забегала по комнате психологиня. - Ничто не бывает навсегда. Объясните это своим детям. Откройте им глаза!

Она пальцами растянула собственные веки, чтобы показать как надо открыть детям глаза. Я вспомнила Вия.

- Вы же небось думали, что ваше счастье навеки, - обратилась она к полусонному отцу. - И что? Вы стали жертвой! Вы жертва, жертва! Она вас обманула, и это был неизбежный результат. Все заканчивается обманом! Скажите это вашему ребенку! Сегодня же! Сколько ему лет?

- Три года.

- Три?! Сегодня же! Завтра будет поздно. Его так же

когда-нибудь обманут, как и вас!

Отец трехлетнего мальчика заплакал.

- Плачьте, - вдруг смягчилась психолог. - Мы будем плакать вместе, - провозгласила она, - и расхохоталась.

Я начала завязывать первый шнурок и развязывать второй.

Еще несколько часов мы плакали и смеялись, и я узнала, что люди всегда лгут, в любви невозможно обрести счастья, и нужно всегда быть готовым к тому, что тебе разобьют сердце. К концу шестого часа инструкторша разрумянилась, волосы ее растрепались, в глазах горел философский огонь.

- Быть или не быть - вот в чем вопрос! - говорила она стене. - И видишь сам: приманка лжи поймала карпа правды.

- Время вышло, - сказала я ей, оторвавшись от завязывания шнурков.

- Заплатите за курс в кассу, - сказала она, внезапно обессилев. - Вам там выдадут сертификат, который вы сможете предъявить в суде.

Мы выходили из здания поздно вечером, втроем: одинокий отец, одинокая мать, одинокая женщина-психолог. Она села в машину и еще долго жестикулировала, разговаривая сама с собой.

Зато я с тех пор ко всему готова, и мне уже ничего не страшно. Ни мне, ни моим детям.

В ГОСТЯХ У ПИСАТЕЛЬНИЦЫ

Насчет писательницы меня сразу предупредили:

- К ней опаздывать нельзя!

- Не пустит?

- Нет, просто она сама начинает пить минута в минуту. Потом догнать не успеешь.

Догнать действительно никто так и не успел.

- Ну что, - сказала писательница после пятой рюмки, - кто остался? Никого не осталось. Все скукожились, съежились, сдулись. Состарились, измочалились, высохли и обмокли. Вот этот был у меня... как его... первый красавец Союза писателей, бегал за мной как за Моською, то есть как Моська, а теперь что?..

- Что? - осторожно спросил муж писательницы.

- Что-что! Конь в манто, - сказала писательница. Приспособленчество никому даром не проходит. Еле ноги таскает, старый пень.

- Так ведь сорок лет прошло, - заметил муж писательницы.

- Вы посмотрите, - сказала писательница, - он меня будет учить! Да я закончила школу с бриллиантовой медалью. Нет, с двумя медалями! От третьей я отказалась в пользу троечников. Должен же этот сброд, то есть народ, тоже что-то получить.

Писательница хлопнула ещё одну рюмку. Потом ещё одну.

- С этим гением драматургии отдыхали, помню, в Переделкино, - объявила она, - Все ему когда-то: ах,

гений, ах, то, ах, се, цитировали его, и что? Ходит с
палкой, весь лысый, да ещё и еду с моей тарелки
доедал.

- Зачем бы он стал доедать? - робко вставил муж. - У
него была своя тарелка.

- Со своей доедал! - отрезала писательница. -
Доедал же! Жрал и жрал!

Писательница приняла на грудь ещё немного и
обвела глазами гостей.

- С кем мне здесь вообще говорить? - обратилась она
к мужу. - С кем мне говорить о судьбах России? Был у
меня один кинорежиссёр, да и тот растолстел как
свинья. Тоже мне, талант. А эти - вообще никто.

- Ну что ты, - сказал муж, - ты же сама их пригласила.

- А кого ещё? - возопила писательница. - Других бы я
и на порог не пустила. А у меня 18 сборников, 5
сценариев, 23 текста песен... 5 романов, 47
рассказов, про меня в гугле написано!

- В Википедии, - поправил муж.

- Во всех ваших педиях, - закричала писательница.

- Нас двое, - вопила она уже по направлению к
двери, - я и Муму, то есть я и Тургенев или как там
его. 20 сборников, 15 сценариев, три энциклопедии...
Нас двое было, я и эта ещё толстая... Толстая... или
как ее там. Ходили за мной штабеля гениями...

Красная икра колом стояла в горле, когда мы
покидали этот гостеприимный дом. За спиной
раздавалось:

- ...сборников... про меня... на меня... за мной... сорок
томов одних автобиографий...

И стареющая их собака в ожидании вечности
одиноко и тоскливо лаяла нам вослед.

ФУТБОЛ. РАССКАЗ О ЛЮБВИ

После 1/8 финала, когда Россия неожиданно выиграла у Испании, Петр Иваныч посмотрел в глаза своей супруги Марьи Петровны и вдруг почувствовал такую к ней любовь, какой не чувствовал никогда, ни к этой супруге, ни к предыдущим, ни к родителям, ни к детям, ни даже к водке. Он поцеловал Марью Петровну в глаз, подбитый им же еще утром, и Марья Петровна разразилась рыданиями счастья.

- Наши! - задохнувшись, прошептал Петр Иваныч.

- Россия, вперед! - выдохнула Марья Ивановна и начала срывать с себя и Петра Иваныча давно не стиранную одежду.

Ночь любви открывалась перед ними. Радость захлестывала с такой силой, что Петр Иваныч в момент высшей точки любовного восторга, не помня себя, вдруг пробормотал:

- И на пенсию не пойду!

- Петечка!.. - захлебывалась словами Марья Петровна. - Наши... Победа... Россия... Мы все можем... Нас не остановить...

Они любили друг друга еще несколько дней, вплоть до 1/4 финала. Когда же хорваты забили злосчастное пенальти, свет погас в глазах Петра Иваныча. Марья Петровна всхлипнула и ушла ночевать к соседке. Они оба знали, что чувство уже не вернется, единственный источник радости и их беззаветной любви иссяк мгновенно и безжалостно. Один мяч уничтожил все сладостные порывы души.

Утром Петр Иваныч начал сомневаться в том, что он все может, подсчитал, сколько осталось до пенсии, и мрачно сплюнул на пустую полку холодильника.

Марья Ивановна, сидя у соседки, уставившись в телевизор, тихо материла усы Черчесова.

Так пронеслась эта краткая, но сильная, безбрежная и бездонная любовь.

ЭКСКУРСОВОД

Молодой московский экскурсовод пришел проводить экскурсию не один. Сзади прихрамывала полная пожилая женщина, которая сразу начала командовать:

- Это вы к нам записались? Отойдите в сторонку, я вас пересчитаю. А вы не записывались! Отойдите в другую сторону. Мы вам не какая-нибудь контора массового производства, у нас сервис эксклюзивный, увидите, когда придете в другой раз.

- В другой раз никто не приходит, - печально сказал сын. Я и сам удивился, что вы записались. А мама еще этих вот прогоняет.

- Вперед, не стоим на месте, - скомандовала мама. - У экскурсовода информации много, а времени мало.

Экскурсовод двинулся вперед по шумной улице, а мы, шестеро записавшихся на эксклюзивный сервис, двинулись за ним. По дороге он начал что-то рассказывать, и ветер уносил его слова далеко вперед.

- Вам повезло, - между тем защебетала семенившая рядом со мной мать экскурсовода. - Сын у меня исключительный человек. Знаний у него столько, что я не понимаю, откуда он всего этого набрался. Причем рассказывать некому, абсолютно некому. Никто ничего не хочет, никому ничего не интересно. А ведь когда-то, как сказал классик, мы были впереди планеты всей, причем во всем.

К тому времени, как мы подошли к экскурсионному микроавтобусу, нас осталось пятеро.

В автобусе экскурсовода слышно стало гораздо лучше.

- Москва, - говорил он, - самый зеленый город Европы. И самый безопасный. Вот, кстати, посмотрите направо и увидите плод озеленения Москвы - чудесный сквер. Я очень раньше любил ходить здесь вечерами, до тех пор, пока меня в темноте не стукнули по голове.

- Ходишь неизвестно где, - вставила мать, - потом рассказываешь неизвестно что. Непонятно, за что деньги берем.

Кстати, - продолжила она, - обратите внимание на вот этот дом. В нем бывал Чехов.

- Мама, он там не бывал, - возразил экскурсовод.

- Нет, бывал!

- Нет, не бывал! И вообще, экскурсию все-таки веду я.

- Ладно, веди свою экскурсию на здоровье, - отмахнулась мама. - Я лучше расскажу вам, - обратилась она ко мне.

Затем я выслушала историю покупки сыну приличной обуви, чтобы не стыдно было водить экскурсантов по Москве. Обувь у молодого человека действительно была новая и блестящая и сильно контрастировала с его видом.

Я задремала.

Раза два мы выходили, и молодой человек что-то грустно бубнил себе под нос, пока мама за рукав оттаскивала меня в сторону и рассказывала, какие замечательные оценки получал он когда-то в школе.

Под конец нас осталось четверо.

- Опять двоих потеряли, - сказала мама. - Ну и как тебя одного отпускать? Я еле этих до конца довела.

- Бизнес вообще не идет, - обратилась она к нам. - Непонятно, что людям надо. У вас хоть знакомые-то интеллигентные есть? Так расскажите уж про нас, сделайте нам рекламу.

Рассказываю.

О ДУШЕ И ПИРОЖКАХ

Пока я проверяла микрофон, к сцене подошла домашнего вида немолодая женщина и спросила:

- Ну как, пирожочки-то ели? Вкусные у меня пирожочки-то?

Я поняла, что она из поставлявших еду на фуршет. Пирожков я не ела, потому что волновалась перед выступлением, так что промычала в ответ что-то невразумительное.

- Во-от! - обрадовалась она. - А я ведь тоже это... того... как вы... стишочки то есть пишу.

Возникла неловкая пауза. Я не понимала, чего она от меня хочет: не то узнать, не пеку ли я тоже пирожки, не то вопроса, не вышивает ли она к тому же крестиком.

Паузу нарушила она.

- Так это, - сказала она, - как бы вы, может, бы дали мне тоже стихи-то почитать. Представили бы меня, я бы почитала.

Несъеденный пирожок комом стал у меня в горле.

- Вы знаете, - выдавила я из себя, - я здесь ничего не решаю, обращайтесь к организатору.

Она погрустнела и отошла, но с организатором явно поговорила, поскольку ей предоставили слово на завершающем фуршете. В сумке с пирожками обнаружилась увесистая пачка рукописей, и тут свершилось чудо. Из потрепанной временем груди полились строки о невесомых и ангельских душах. В первом стихотворении две души встречались в раю,

во втором две души где-то летали в ожидании
третьей... Потом я потеряла душам счет и начала с
тоской думать о пирожках. Мне представлялась
картошка, порхающая внутри пирожка, капуста,
ожидающая картошку в райских кущах, а также мясо,
изнывающее от любви к ускользнувшему от него
тесту. Поэтесса-кулинарка читала грамотно, не делая
пауз между стихами и таким образом не давая
никому возможности уйти. При моей попытке начать
движение в сторону выхода, она воскликнула:

- Как же, еще же вы не послушали же важного моего
стихотворения про аленький цветочек!

Больше я ничего не помню. Меня выволокли оттуда.
Возможно, она до сих пор читает. По произведению
за каждый пирожок. И ее нежная душа, аленький
цветочек, парит над духовкой и мстит судьбе за
несоответствие мечты и реальности, устремлений и
достижений. Душа ее плачет, и я плачу, потому что
так и не съела ни одного пирожка, а за аленький
цветочек - я уверена - мне причиталось как минимум
два.

РОЖДЕСТВО

Нас пригласили в гости праздновать Рождество.
Взяли мы миску салата, бутылку вина и пошли,
потому что Рождество для атеиста, если забыть про
Христа, не сильно отличается от других праздников.
То же 7-е ноября, только без демонстрации, что даже
лучше. Отдав хозяевам бутылку, мы ее сразу
потеряли из виду, зато перед нами нарисовался
печального вида человек в обнимку с Библией,
который попросил минутку внимания, сообщил, что
он из Кисловодска и скажет несколько слов о том, что
мы празднуем. Занял он действительно минутку и
еще минуток девятнадцать-двадцать. Говорил он про
Рождество, в основном, видимо, то, чему учат только
в Кисловодске, потому что больше я никогда нигде
ничего подобного не слышала. Закончив фразой
"политическая ситуация перед рождением Христа
была очень тяжелой, но он все-таки сделал
правильный выбор и родился", человек прижал
Библию покрепче к груди и сел на место. Тут я
поняла, что пора искать бутылку, но на середину
комнаты вышла восьмилетняя дочь хозяев и начала
читать стихи про Рождество. После строчек "мы
Христа сегодня ждем, песни весело поем" я
отправилась на кухню, но бутылку не нашла, зато
наткнулась на хозяйку дома, которая велела мне
идти назад в гостиную на распевание
рождественских песен. Я попыталась спрятаться в
туалете, но там уже кто-то прятался. Проходя мимо
книжного шкафа, я в отчаянии схватила с полки книгу
и углубилась в чтение. Подошел хозяин дома.

- Читаешь? - печально спросил он.

- Читаю.

- Нравится?

- Очень!

В руках у меня оказался учебник химии для 8-го класса.

- Хочешь, про моль расскажу? - сказал хозяин.

- Про какую моль?

- Про моль вещества.

Похоже, он устал петь.

Я выслушала про моль и, как только стихло пение, рванулась к столу. Бутылки не было. Бутылок не было вообще. В стаканчики наливали компот из кувшина. Думаю, подобное потрясение испытал коллежский асессор Ковалев, не обнаружив на собственном лице носа.

- Нашей тоже нет, - тихо сказал мне в ухо Саша, приятель, который, кажется, и был тем, кто прятался в туалете во время пения. - Убрали.

С Сашей нас в этой компании объединяли три вещи: пятый пункт, сомнения в существовании Христа и желание выпить.

- Я уже в магазин хотел сгонять, а они говорят - нельзя, - добавил Саша.

Подошла хозяйка. Ей явно стало нас жаль.

- Ну что, вам без этого совсем никак? - шепотом спросила она.

- Никак! Нам - никак! - решительно сказал Саша.

- За мной, - шепнула хозяйка.

Она привела нас в тесный закуток, где стояла

стиральная машина. В закуток нам занесли пол-
литра водки в графине и две стопки.

- Но, - сказала хозяйка, - водку отсюда не выносить,
никому про это не говорить, свет за собой каждый
раз выключать. Чтобы больше никто не потянулся! А
то знаю я их...

Вечеринка стала проходить веселее. Время от
времени мы с Сашей отлучались в закуток со
стиральной машиной. Свет решили не включать,
чтобы не забыть выключить. Когда водка в графине
подходила к концу, Саша сказал:

- Вот смотри. Православное Рождество. Светлый
праздник. Все веселятся. А два еврея в темной
прачечной пьют горькую без закуски. Знаешь, как это
называется? Это называется - антисемитизм!

Я сказала:

- Попросим еще?

- Неудобно, - сказал Саша. Меня и так уже
спрашивают, куда это мы с тобой все время ходим. Я
говорю - молиться.

Мы вышли на свет. Празднование подходило к концу.

- Антисемитизм! - твердо повторил Саша.

- Вам не мало было? - участливо спросила хозяйка?

Я ответила:

- Ничего, мы дома добавим.

Она вежливо засмеялась, думая, что это шутка.

Мы шли назад, а в голове у меня крутилась фраза
для застольной речи на Пасху: "Без тостА и Христа

не снимешь с креста." Все-таки с антисемитизмом
надо бороться. Если, конечно, пригласят.

О БЕЗДУХОВНОСТИ

Однажды я по дороге домой наткнулась на лоток, за которым бойко торговал пирожками мой бывший одноклассник. Одноклассник обрадовался встрече и сказал:

- Не заменишь ненадолго, я отойду?

Ужас надвинулся на меня. Ужас ответственности за чужие деньги. Я встала за лоток, и ко мне потянулись руки с купюрами. Руки тянулись и хотели товар и сдачу, в глазах у меня потемнело, я забыла все правила арифметики, я просила покупателей самих подсчитать, сколько я им должна, купюры множились, время шло, проходили часы, дни и годы... Я взвыла. На мой вой вернулся Костя и сообщил, что я стояла за лотком три минуты и продала за это время два пирожка.

Вот за это, за это я так ненавижу капиталистический мир, за выручку, которую надо подсчитывать, за обмен товар-деньги-товар и необходимость приобретать материальные ценности на грязные, неизвестно где побывавшие ассигнации.

Сильнее, чем капитализм и бездуховность, я ненавижу только социализм и духовность. Правда, намного сильнее.

КОНВЕРТ

В 90-е годы наш почтовый ящик то поджигали, то наливали в него воды, поэтому почту мы получали до востребования. Однажды мне выдали письмо, пришедшее от родственников из Америки. Пол-лицевой части конверта было криво вырезано маникюрными ножницами. Я спросила:

- Что это значит?

- Что? - переспросила почтальонша. - А, это! Мой сын марки собирает, так что я с вашего конверта американские марки вырезала.

Я не нашла ничего лучше как задать следующий вопрос:

- Вы что, с ума сошли?

- Вот посмотри на них, - сказала почтальонша, обращаясь не ко мне, а к своей напарнице. - Вечно они недовольны. Не доходят их письма - они недовольны. Доходят письма - они все равно недовольны. Ну, что за народ такой! Что им надо?

И напарница понимающе покачала головой.

Я шла домой и думала, что действительно надо довольствоваться малым. Можно быть счастливым от того, что пришло письмо. Если же пришло пол-письма, можно радоваться, что пришла хотя бы половина. Если письмо не пришло вообще, всегда остается та главная неизбывная радость от сознания, что его на марки порезали свои же люди, и в конце концов вместо своего можно почитать письмо Татьяны к Онегину.

Ведь из молодежи, которая вечно всем недовольна, вырастают сварливые жены, придирчивые начальники и иноагенты. Прости, родина, что как я ни старалась всегда быть всем довольной, из меня все равно вырос иноагент. Упустили и семья и школа, и почта и союз филателистов.

ПОВЕСТЬ О НАСТОЯЩЕЙ МОРКОВКЕ

В минуту воспоминаний возникла идея снять мультфильм о судьбе советской морковки. Вот черновик сценария.

Сцена 1

Целое поколение юной морковки созревает в земле. Морковки полны надеждой на будущее, они хотят выйти на свет и принести пользу своей стране.

Сцена 2

Руки пытаются вытащить морковку из земли. Ботва отрывается, морковка остается в земле. Крупным планом - резиновые сапоги, затаптывающие морковку в землю так, чтобы грядка казалась убранной.

Сцена 3

На краю поля. Крайние, еще не затоптанные грядки. Морковки в земле радуются жизни. Наши главные герои - пять друзей-морковок, шутят, смеются, живут ожиданиями.

Сцена 4

На поле вызван тракторист дядя Коля. Дядя Коля должен взрыхлить оставшиеся грядки. Крупным планом - ноги дяди Коли. Ноги заплетаются. Дядя

Коля пьян. Едет трактор, многие морковки не успевают увернуться от ножа, разрезающего их на части.

Сцена 5

Из наших пяти друзей троим удалось уцелеть. Двое остались инвалидами. Сцена прощания. Инвалидам уже не увидеть в жизни ничего, кроме свинарника, куда их и увозят.

Сцена 6

Контейнер. Морковки в контейнере ждут грузовика. Наши трое друзей грустят о потерянных товарищах, но все еще надеются на лучшее. Грузовик не приходит. Наступает ночь. Ударяют заморозки. Морковки замерзают. Одна из морковок прикрывает собой двух других и превращается в сосульку.

Сцена 7

Овощебаза. Уже посиневшие и увядшие, но по-прежнему мужественные, морковки приезжают на овощебазу, где одна из них испускает дух в ящике в луже морковных трупов и говорит другой:

- Ты должна дойти! Ты же советская морковка!

Сцена 8

Последняя, оставшаяся в живых морковка, ползет в магазин. Крупными буквами надпись - "Универсам".

Морковка доползает до ящика, падает в него и затихает. Ей на грудь вешают медаль.

Крупными буквами титры: "Подвигу советской морковки посвящается".

ОТ ВЕРНУВШИХСЯ В РОССИЮ

В нашу редакцию попало письмо россиянина, уехавшего из России, но разочаровавшегося в западной жизни и вернувшегося назад.

Здравствуйте, дорогая редакция! Наша семья решила вернуться из Европы обратно в Россию, намыкавшись на их гнилом Западе и разочаровавшись в либеральных ценностях. Вот наша история. Дети - мальчик и девочка. По приезде им сразу в школе поменяли пол, и они стали девочка и мальчик. Потом им опять поменяли пол, и так каждый месяц, пока мы с женой не привязали каждому к ноге голубую и розовую ленточку, чтобы не путать.

Мне и супруге запрещали называть себя отцом и матерью, а заставляли рассчитываться на первый-второй родитель. Иногда жена приходила домой еще с одним родителем и объясняла, что это третий, которого назначили органы опеки. Они запирались в спальне, где, как она говорила, он проверял нашу лояльность правительству.

Жена, вернувшись в Россию, наконец сделала маникюр. Там она стояла в очереди на маникюр пять месяцев, а есть женщины, которые вообще стоят всю жизнь, но привыкли и удовлетворяются тем, что грызут ногти, особенно учитывая, что продукты жутко дорогие, не купить вообще ничего, кроме хомяков, и те уже использованные.

Всю зиму мы страшно мерзли и требовали от мэра Парижа, чтобы нам выдали хоть одну вязанку дров на семью, но нас только ставили на очередь, в которой до нас уже стояла вся Германия.

Мы страшно счастливы, что вернулись в Россию. Все такое родное: еда, ценности, рубли. В Париже у нас ни за что не хотели брать рубли, а здесь мы их сразу обменяли на дрова.

И я наконец почувствовал себя мужчиной, поскольку в первый же день получил повестку на "Госуслугах". Правда, проблема в том, что нам с женой на Западе поменяли пол, и повестка пришла на ее имя. Подскажите, как нам выйти из этой ситуации.

Дружная семья с патриотическим приветом.

ГРОБ С СОБОЙ?

- Гуськов?

- Здесь!

- Гроб с собой?

- Кончились, не смог достать.

- Ладно, ляжешь в один с Бычковым. Да не напирайте, не напирайте, тут некоторых уже прямо в автобусе задавили.

- Как? Зачем?

- Что значит - зачем! За родину! Гроб с собой? Учтите, без гроба будем закапывать за счёт покойника. Испугались? То-то же. Никто ведь не хочет за свой счет. Ребятки, тихо, тихо, гробы в заднее отделение автобуса, будем взаимно вежливы. Иванов? Петров? Гробы с собой? Молодцы! Ложитесь прямо туда. Своих не бросаем. Осторожно, двери закрываются. И уже не откроются. Родина-мать зовёт.

МЫ РУССКИЕ, С НАМИ БОГ

Русские:

- Мы русские, с нами Бог.

Бог:

- Да кто вам сказал?

Русские:

- А тебя кто спрашивал, морда нерусская! Ну ничего, попадём в рай, ещё тебе устроим!

Бог:

- Да кто вам сказал, что вы попадёте в рай?

Русские:

- Что ж ты все, сука, против коллектива прешь? Распни его, ребята!

Распинают Бога. Смотрят.

Первый второму:

- Кто это сделал?

Второй:

- НАТО. Наверняка.

Первый:

- Вот сволочи! Ну ничего, мы русские, с нами Бог!..

ИНТЕРВЬЮ С ЧИНОВНИКОМ

*- Скажите пожалуйста, в каком возрасте вы
решили пойти на государственную службу?*

- Вы знаете, когда мне было семь лет, я украл в
школьной столовой яблоко. И долго потом об этом
думал. Когда мне было двенадцать лет, я украл там
же полкило сосисок и распродал за школой. Но и это
не было решающим моментом. Когда мне
исполнилось четырнадцать лет и меня приняли а
комсомол, мы с ребятами украли из школы
собранный металлолом и перепродали его в
соседнюю школу, откуда потом украли ещё раз. Тогда
я четко осознал своё призвание.

- И никогда не жалели?

- Как вам сказать? Конечно, жалко. Иногда мало
украдёшь - жалеешь. А то ещё бывает, вроде не мало
украл, но кто-то рядом украл больше. Тоже, конечно,
жалко. Но в целом, что говорить, своим послужным
списком могу гордиться. Думаю, что нигде бы я не
принёс больше пользы Родине, как на своем месте. Я
возглавлял антикоррупционные комитеты, не
позволявшие кому попало красть то, что мог украсть
я сам.

- Есть ли у вас какие-то планы на будущее?

- Предпочитаю жить сегодняшним днём. Никогда не
откладывай на завтра то, что можно украсть сегодня,
- мой девиз.

*- Вы считаете, что на выборах победа достанется
  вам?*

- А кому же она еще достанется, если мы ее уже
украли? Готовь, так сказать, сани летом, а то к зиме
сопрут. Народная мудрость.

*- Спасибо большое за интервью. Надеюсь, вас ждут
ещё долгие годы на поприще службы Отечеству.*

- Отечество у нас великое, воруй-воруй, а не
разворуешь, так что спасибо, тоже надеюсь, что
хватит не только мне, но и детям. Внуков я уже
вывез.

(Утирая слезу, смотрит на фото внука в швейцарских
Альпах.)

Медленно ползёт финальный титр: «Россия - страна
возможностей».

НИ ГОДА БЕЗ МЫСЛИ

*Однажды я решила, что буду каждый год
записывать по мысли. Годы идут, мысли копятся...*

***

Оптимистическое

Соломон был прав: все проходит. Надо только
дожить.

***

Я такая молодая, что у меня еще все впереди. В
частности маразм.

***

Выходит новый (актуальный) трехсерийный фильм
ужасов "Челюсти".

1-я серия - "Верхняя челюсть"

2-я серия - "Нижняя челюсть"

3-я серия (самая страшная) - "Вставная челюсть"

***

Из личного опыта

Евреи издавна спаивали русский народ. В эмиграции за неимением русского народа они начали спаивать друг друга.

***

- Какой вы редкий дурак!

- Я?! Да я потомственный политолог!

- Ах, простите, вы нередкий.

***

Британские ученые установили, что концерты классической музыки полезны для здоровья. Что может быть лучше, чем полтора часа крепкого сна!

***

- Были ли в вашей жизни периоды трезвости?

- Однажды я не пила семь лет, ни капли! Потом пошла в первый класс...

***

...было весело, пока кто-то не затянул гимн...

46

***

У меня для вас две новости: хорошая и плохая.
Плохая: вы старый и страшный. Хорошая: мне все
равно, я нимфоманка.

***

Ещё не исполнил супружеский долг? Пойди поставь
жене в Фейсбуке лайк!

***

- Ничего, Бог троицу любит, - сказал палач,
промахнувшись первые два раза.

***

- У тебя голова, как дом.

- Советов?

- Нет, Облонских.

***

Начала писать пьесу. Пока сочинила один диалог:

- Сын-то как похож!

- На что?

- Если б знать...

***

Будни медицины

Этого больного - в реанимацию. Этого - в морг. А этого - сначала в реанимацию, потом в морг.

***

- У меня жена такая умная, я с ней даже спорить боюсь.

- А красивая?

- Говорит, что да.

***

А если нарушу я эту страшную клятву, прошу считать меня коммунистом!

***

...недолго старушка-процентщица мучилась вопросом "быть или не быть?"...

***

О гендерной идентификации

Решила потребовать на работе называть меня they (они). В конце концов, пью я минимум за двоих.

***

Хозяйке на заметку

Если мужчина не хочет на вас жениться, смело бейте его скалкой по голове. До свадьбы заживет.

***

- Как дела, как себя чувствуете?

- Ох, не очень...

- Здоровье?

- Да здоровье-то у меня железное, меня переживет!

***

- Мой Абрам ничего не умеет, ничего не может!

- Сарочка, а кто же вам сделал детей!

- Ой, не спрашивайте! Все вот этими руками!..

***

На злобу дня

Я безнадежная сексистка. У меня даже муж - мужчина.

***

Жизненное

...а кто будет выступать против нашей свободы
слова, тем мы быстро рты позатыкаем

***

Об индивидуальности

- Мою серебристую "Тойоту" легко можно отличить от
других по цвету.

- Какому?

- Грязно-бурому.

***

Оптимист и пессимист

- Ну, с наступающим!

- Ох, боюсь не доживу.

- Поэтому заранее и поздравляю.

***

Может ли так быть, что мозга нет, а мысли есть?

Спрашивали - отвечаем:

Может! Это доказал Олег Газманов песней «Мои
мысли, мои скакуны...».

***

Встала утром на весы и сразу вспомнила свой любимый роман Дюма - «Королева Марго. Двадцать фунтов спустя».

***

Филологическое

- Где твой шляется?

- "Мой" - это существительное?

- Нет, "мой" - это глагол. А где твой шляется?

***

- Характер у меня обычно мягкий, но когда надо, твердый.

- Хуй у тебя, а не характер.

***

23 февраля многие мучаются в силу двойственной природы праздника: с одной стороны, что там праздновать, с другой - ностальгия, а как же не выпить? Я придумала универсальную, как мне кажется, формулу поздравления:

23-е февраля -

Поздравляю с этим, бля!

***

Языковое

- Как жизнь?

- Манифик.

- В смысле manifique?

- Да нет, в смысле money - фиг.

***

Сцены из семейной жизни

Жена - мужу:

- Хватит зевать!

- Хватит пить

- Хватит жрать!

Муж повесился.

Жена:

- Хватит висеть!

***

- Господи, какой ты лентяй! Да ты бы и на конкурсе прокрастинаторов занял последнее место!

- Почему последнее?

- Забыл явиться.

***

Узнав, что венерические заболевания передаются половым путем, Ленин обратился к Крупской со своей знаменитой фразой: "Мы пойдем другим путем!"

***

Объявление

Ищу мужчину, поэта, одухотворенного, тонкого, ранимого, можно даже алкоголика. Лишь бы стихов не писал.

***

Римейк Жванецкого в Америке

Одно неосторожное движение, и ты расист.

***

Жена, застав мужа с любовницей:

- Ведь можешь, когда захочешь!

***

В еврейской семье

- Сынок, сколько лет твоей невесте?

- 35.

- Старая!

- Мама, но она выглядит на 25!

- А, старая и хитрая!

***

- Как вы думаете, сколько мне лет?

- 52 года.

- Как вы сосчитали?

- По кольцам.

- Каким кольцам?

- Жировым.

***

Наконец по капле выдавила из себя раба. Никому не надо?

***

Пришел результат анализа ДНК: 97 процентов ашкенази, остальное - водка.

***

- Дорогой, ты помнишь, что у меня в этом месяце день рождения?

- Дорогая, месяц помню, попробую угадать число.

- Даю тебе 30 попыток!

***

Из интервью о здоровом образе жизни

- У вас есть враги?

- Детка, посмотрите на меня! Если бы у меня были враги, я бы им отдала ужин.

***

С годами мне все больше идёт маска...

***

(отрывок из искусствоведческой беседы)

- Можете ли вы назвать самый яркий пример несоответствия формы и содержания?

- М-м... Мавзолей Ленина?

***

Стихи о дефиците

Февраль. Чернил не достать.

***

Из разговоров с сыном:

- После этого ты мне больше не сын!

- Ладно, буду дочь.

***

- Ты куда?

- В эмиграцию.

- А что без вещей?

- А я во внутреннюю.

***

- Какие у них отношения?

- Сложные. Как с английским.

- То есть?

- Ну, она считает, что он ей как родной. А он
сопротивляется.

***

- Доктор, от меня жена ушла.

- Куда?

- В Инстаграм.

- Так последуйте за ней.

- Доктор, я не могу! У меня в фейсбуке все: родители, друзья, сослуживцы...

- Вы что, шутите?

- Доктор, какие шутки! Где вы видите смайлик?

***

Отцы и дети, или Новое в языке

- Дедушка, как по-русски "fuck off"?

- «Обнулись»!

***

Фраза для ведения вежливой дискуссии:
Вы спорите с занудством, достойным лучшего применения.

***

Из забытого ещё в школе

Нас было много на челне...
Она досталася не мне.

***

Роман из одного предложения:
"Они познакомились в самом отцвете лет".

***

И о поэзии

- У вас есть любимый поэт?
- А как же!
- И за что любите?
- Да как вам сказать... Любовь зла...

***

Завещание
Пенсионные накопления - детям, дом - мужу, стихи -
так и быть - в "Новый мир". Можно не благодарить.

***

Математическое

- Сарочка, и сколько вы весите в свои сорок пять?
- Восемьдесят шесть.
- Ну, до ста двадцати!

***

Русский характер (короткий рассказ)

Штирлиц жену видел раз в 20 лет с большого
расстояния, поэтому никогда не был уверен, та же
это, что была в прошлый раз, или уже другая. Но
любил по-прежнему.

***

Немного рекламы
- Перевожу бесплатно на любые языки.
- Так ты ж не знаешь ни одного языка!
- Так потому и бесплатно.

***

- Бабушка, у тебя были любови?
- Был один варяг... Жаль, утопился.
- Почему?
- Гордый был.

(Вы ознакомились с женской версией песни «Врагу не сдаётся...»)

***

Из спора двух интеллигентных людей:

- А ты у нас больно умный!
- От такого слышу!

***

Искусствоведческое
- Клара, когда я смотрю на твое лицо, вспоминаю шедевры мировой живописи.
- Например?
- Черный квадрат.

59

***

Доктор мне говорит:

- Завтрак съешь сам, обед подели с другом, ужин отдай врагу.

А я ему:

- Что? Врагов кормить?!

***

Куда вы лезете (цикл)

- Куда вы лезете? Трамвай не резиновый!

У дверей рая:

- Куда вы лезете? Рай не резиновый.

И наконец:

- Куда ж вы лезете? Женщина не резиновая.

***

Новости науки
В России работают над изобретением вечного двигателя. Пока хватает на шесть сроков.

***

В борьбе с лишним весом убедительную победу
одержал лишний вес. В его честь устраивается
торжественный ужин.

***

Жаворонок

Все в салат, а он уже из салата!

***

Из патриотического

Русский народ - это люди, на которых Россия стояла,
стоит и будет продолжать топтаться.

***

Бах любил Майка Науменко и частенько
насвистывал: «Я люблю Баха фуги, я люблю Баха
фуги, я играю Баха фуги каждый день».

***

Она смотрела сериалы.
Они ей заменяли все.

(А.С. Пушкин об интеллигенции)

61

***

История одного дарования

В отсутствие Бога была поцелована спонсором.

***

О популярности

Среди орлов Прометей был известен вкусной
печенью.

***

Есть такие люди, с которыми не хочется встречаться
даже на дуэли.

***

Мини-пьеса «Рождённые в СССР»

Бегут двое по пустыне из Египта. Один другому: «Эх,
какое рабство развалили!»

***

Девственность - сокровище, которым обидно
владеть. Ведь никому не покажешь!

***

Из некролога одного кредитора: «Он был человеком долга…».

***

Из семейных диалогов:

- Дорогой в этом платье я выгляжу хуже?

- Что ты, дорогая! Куда хуже!

***

Занимательная статистика

Знаете ли вы, что в Израиле на одного человека приходится две и три десятых русскоязычного литератора?

***

Народная мудрость: не готовь сани летом - до зимы сопрут.

***

«Получив от Гудвина мозги (смесь отрубей, булавок и иголок), Страшила наконец поверил в собственный ум и начал комментировать чужие посты в фейсбуке…»

***

Литературное

- Не знаете, как на русский переводится фамилия Гандельсман?

- Известно как: Гандлевский.

***

Моя любимая фраза из биографий известных людей: "она родила ему..." Решила начать роман так: "Она родила ему сына и потом еще двадцать лет искала, чтобы отдать..."

***

Небольшое научное открытие. После того, как британские ученые установили, что минута смеха продлевает жизнь на пять минут, колорадские ученые пошли дальше и выяснили, что таким образом целых три года жизни вы извлечете из каких-то полкило марихуаны.

***

Из биографии

Честь не уронила и с гордостью донесла до самой кровати.

***

У меня есть одно большое достоинство: я довольствуюсь малыми чужими.

***

Из заметок о загадочной русской душе

По какому бы самому экзотическому рецепту я ни начала делать салат, у меня всегда получается оливье.

***

Патриотическое:

У нас вся надежда на Путина: ждём когда помрет!

***

Ему я была верна! Во всяком случае, в гораздо большей степени, чем остальным.

***

От бессонницы хорошо помогает чтение статей о бессоннице.

***

8 Марта все поздравляют женщин с тем, что они

родились женщинами. Ведь все могло сложиться гораздо хуже.

* * *

Любой патриотически настроенный российский историк вам скажет, что славяне всегда и во всем были первыми. В частности от них произошли динозавры.

* * *

«Ничего-ничего, - говорил евреям Моисей, - в 40 лет жизнь только начинается».

* * *

Из женской биографии

С началом склероза фраза «ты у меня первый» зазвучала на редкость искренно.

* * *

Из разговора:

- Кто это тебя укусил?

- Да какое-то НЛО.

* * *

Добрый друг спрашивает:

66

- Кто в этот раз тебя домогался?

- О, я вышла из возраста домоганий и вошла в
  возраст недомоганий.

67

***

Хэллоуинская история

Старушка полюбила некрофила, и когда она умерла,
они жили долго и счастливо.

***

Из эротической поэзии

Я гляжу на дрозофил:

Каждый муха - зоофил.

***

О щедрости лет

В ожидании, что годы возьмут своё, получила от них
чужого. Килограммов десять.

***

Хозяйке на заметку. Не спешите хоронить мужа.
Попробуйте для начала его накормить.

***

Из письма писателей читателям:

«Мильоны - вас. Нас - тьмы, и тьмы, и тьмы...»

***

Страшнее фразы "не выйдешь из-за стола, пока не доешь" теперь только "не выйдешь из-под стола, пока не допьешь"!

***

...и о себе

У меня прекрасный характер. Это все подтверждают. Несогласных я уже задушила.

***

Из женской автобиографии

Сороковая, но не роковая...

***

Не хнычьте, что развод, а после алименты.

Ведь это все любви счастливые моменты.

***

Из истории болезни

Разлитие желчи больной принимал за приступы
патриотизма.

***

Гипотетическое

Да будь я хоть негром преклонных годов,

Кричали бы: «Бей черномазых жидов!»

***

Из жаркого спора двух русских патриотов:

- Вали в свой Израиль!

- Сам вали!

- Так мы ж в Израиле.

- Слава богу!

***

Говорят, в СССР не было секса. Трахались так, без
секса.

***

"Какой убер не любит быстрой езды?" (Н.В.Гугл)

***

Дорогие соотечественники, без меня совок неполный!

***

Я виртуозно владею словом. И не одним.

***

Память у меня уникальная! Ничего не помню.

***

Бог сказал пророку: "Жги!" Ну, тот и пошёл зажигать...

***

О занятости. У меня нет времени разбрасывать камни.

***

Русский народ талантливее американского. В ответ на запуск ракеты Илона Маска Левша подковал юбилейную двухтысячную блоху.

***

Нет уж, пока я тебя успокоительным не напою, я не успокоюсь!

***

Придумала себе эпитафию: "Не влезай - убьет!"

***

Из любовной лирики: "Надолго я запомню это чудное мгновенье..."

***

Из диалогов:

- Вы патриот?

- А то! Аршин общий сперли, ума отродясь не было.

***

Физикам от лирика.

Закон сохранения энергии: чем больше в голове каши, тем меньше в холодильнике колбасы.

***

Диалог:

- И ты, Брут?

- Да, но только по маме.

***

О лицемерии

...и даже в декольте он заглядывал как-то неискренно

***

Русская интеллигенция сто лет выдавливала из себя
раба и надавила бочку нынешней элиты.

***

Д.Медведев останется в истории уже тем, что
наконец сформулировал русскую национальную
идею:

"Денег нет. Но вы держитесь."

***

Из всех семи смертных грехов я страдаю только от
одного - гордыни.

От остальных шести получаю удовольствие.

***

По Н.Тихонову

Иногда смотришь на человека и думаешь: лучше бы
из него сделали гвоздь.

***

У многих эмигрантов душа остается в России. И мозг
там же.

***

Сочувствую комарам, пьющим мою кровь. Ведь это самки, а женский алкоголизм неизлечим.

***

Смотрела сегодня в зеркало. Нашла следы былой красоты. Один под левым глазом. Другой - вообще не на лице.

***

Должна быть в женщине какая-то загадка. Например: где у неё талия?

***

- Если я не вернусь, считайте меня коммунистом.

- Почему?

- А мне тогда будет уже все равно.

***

Сегодня для секса кворум не собрался...

СТИХИ

ФЕМИНИСТИЧЕСКИЕ СТИХИ

***

Пошла с ним в ресторан как поэтесса,

А он, скотина, в мыслях хочет секса.

Я женского достоинства поборник.

Сначала, сука, почитай мой сборник.

***

Он мне сказал: «Пойдём, подруга, в койку?»,

И я ему не отвечала «нет»,

Но как бы вслух я и не согласилась,

А просто в койку медленно пошла.

И там он мне нанёс такую травму

Тем, что про койку не переспросил,

Что и теперь, об этом вспоминая,

Я даже ночью кушать не могу.

А вот ещё история другая:

Когда я в койку все же не пошла,

Но так тот выбор я переживала,

Что кушаю теперь три раза в день.

А вдруг бы я на это согласилась,

Да как он мог, насильник, предлагать!

Должна я людям рассказать об этом!

Пускай все знают: что и с кем и как,

А то ведь если людям не расскажешь,

Никто и не узнает про меня.

А я ведь тоже, я не хуже этих,

И зря я, что ли, с этим, с тем и с тем!

ИНТЕРНАЦИОНАЛИСТИЧЕСКИЕ СТИХИ

***

76

Страна моя от прошлого отмыта,

В ней нет ни одного антисемита.

Все граждане и белы и пушисты.

И бьют евреев антисионисты.

***

Когда евреев сбросят в море,

Мир перестанет зло прощать.

Сбегутся к морю активисты -

Рыб от евреев защищать.

С НАДЕЖДОЙ НА "ЛЕБЕДИНОЕ ОЗЕРО"

Из новостей:

«Гендиректор Большого театра сообщил, что из-за санкций балерины остались без пуантов».

Написала письмо балеринам Большого театра:

Когда В.В. сойдёт, согласно Данте,

В кромешный ад, его девятый круг,

То если даже кончатся пуанты,

Пляшите так.

С приветом. Ваш худрук.

ИНОАГЕНТСКИЕ СТИХИ

***

Не морщите расстроенные лица.

Настанет удивительный момент,

Когда последним перейдёт границу

Оставшийся в живых иноагент.

Отечеству помашет дорогому

И в западную бездну упадёт,

И все тогда, конечно, по-другому

В отечестве измученном пойдёт.

Когда исчезнет пятая колонна,

В ручьях заплещет чистая вода,

И каждый продуктовые талоны

Получит без особого труда.

С рассветом солнце выползет на небо,

С утра трава покроется росой,

А в магазинах будет столько хлеба,

Что он заменит масло с колбасой.

Когда последний враг русскоязычный

Покинет достославные края,

Тогда бардак закончится частичный,

Тогда забреют всех от А до Я.

А кто устанет воспевать столицу

И восхвалять родную сторону -

Пожалуйста - поедет за границу

Довскапывать чужую целину.

Добиться бы такого контингента,

Чтобы совсем-совсем ни одного

В России не иметь иноагента,

А собственных агентов - большинство!

Настанет день, и Родина фасадом

Блеснёт в рядах огней и площадей

Без тех, кто вечно путается рядом,

Без этих, кто мешает, - без людей.

***

За что идет война? Ну как, за этих…

За тех, кого бомбили восемь лет.

Решили всех их разбомбить быстрее,

Чтоб восемь лет не мучились еще.

Да хрен бы с ними. Мы воюем против

Трансформеров. Чтоб не было бы их.

Чтоб если кто в трансформеры подался,

Чтобы его бомбили, а не нас.

Да не, вы все напутали, коллега.

Война у нас идет за русский борщ.

Священный русский борщ русскоязычный.

Вот за него мы все и разбомбим.

Да не, вы че, ведь мы воюем с НАТО.

Они напали у себя на нас.

Причем они напали вероломно:

То есть напали б, если бы мы не.

Да не, война за эту… за свободу.

Даешь свободу как в КНДР!

Ведь если б мы сейчас не воевали,

То Африка б в Америке была.

Ой, нет, война идет за наши недра

И ценности, их нонче дефицит.

Бывало, ценность в недрах откопаешь,

А тут уже трансгендеры с борщом.

За это вот, за этот вот за самый,

За то вот это надо воевать.

За Родину, за Сталина, за Шойгу,

За недра, мать твою и абырвалг!

Зомби

Ни в инвалидности ни в коме

Нельзя от долга отказаться.

И ты вставай, забытый зомби.

Пришла пора мобилизаций.

Оставь пристанище промозглое,

И усыпальницу сырую,

Твои товарищи безмозглые

Уже рядами маршируют.

Скорее выползай наружу,

Не дай отечеству отчаяться.

Ты наконец России нужен.

Живые у нее кончаются.

К чему живой, когда спокойненько

Шагают мертвые дивизии,

И что полезнее покойника,

Когда ни формы ни провизии!

...

Сидит вдова в уютном домике,

С иконы смотрит Иисус,

А на войну уходят зомбики -

Патриотический ресурс.

***

На свете есть один сморчок,

Сидьмя сидит в столице.

Плешивый, рыхлый старичок,

Но все еще бодрится.

Он ест на завтрак малышей,

Причмокивая смачно,

И ботокс лезет из ушей

На пиджачок невзрачный.

Вот мать ребеночка несёт,

Торопится бабенка:

Пускай он крови пососет

У моего ребенка.

Покушай дитятку мою,

Вождям полезны дети.

Да слопай всю мою семью,

Румяный благодетель.

А мы останемся горды,

Что довелось родиться

Молекулой твоей еды

И ботокса частицей.

Пусть...

Пусть не взлетают русские ракеты,

Не ездят без ремонта «Жигули»,

Уходят за «Макдональдсом» котлеты,

В пучину - боевые корабли,

Пусть вы живете с тёплым туалетом

Под капиталистическим ярмом,

Но счастие российское не в этом,

Что не понять, естественно, умом.

Наш человек не токарь и не пахарь,

А ваш пусть пашет, точит и куёт.

Но кто, как наш, способен так заплакать,

Когда Кобзон о родине поёт,

И так молиться искренно и слёзно

Среди берёзок средней полосы,

И кто умеет так же виртуозно

От «новичка» отстирывать трусы!

Евреи в турбине

*В октябре 2023 года в аэропорту Махачкалы
произошел погром в ожидании
прилетавшего из Тель-Авива рейса.
Погромщики искали евреев. Особую
популярность приобрело видео с поисками
евреев в турбине самолета.*

В отчизне или на чужбине

Евреи прячутся в турбине.

В автомобиле - в генераторе,

Стартере и аккумуляторе.

В крупнейшей электронной штуке,

В мельчайшем чипе в ноутбуке.

Погаснет лампа в сорок ватт -

Так это Мойша виноват:

Там было мощности в обрез,

И он в турбину перелез.

Я после дружеской попойки

Сама сижу в посудомойке.

Я не механик - врать не буду.

Сижу и мою там посуду.

Мы моем, сушим, движем, греем,

Как это свойственно евреям.

Мы моем, сушим, движем, греем,

Как это свойственно евреям.

Моя страна с коленей поднимается,

Культура в ей особая рождается.

Газманов так на сцене отжимается,

Что Макаревич петь перестает.

Уехавшие с родины намеренно

Забыты и решительно похерены.

Их всех затмит орущая Чичерина,

Когда у ней заряжен пулемет.

Когда подъем искусства небывалого

Сотрет внутри страны остатки старого,

«Калинку» спляшет пьяная Захарова,

Енот стихи Рогозина прочтет.

Баллада о герое

*В 2023 году в российских СМИ
распространилась информация о мальчике
из Брянской области, "ставшем символом
борьбы с украинскими боевиками". Мальчику
якобы нанесли тяжелое ранение выстрелом
в спину, но он после этого спас еще двух
девочек, вернулся домой и только дома
заметил, что ранен.*

*Власти региона наградили его медалью «За
отвагу». Следственный комитет России
представил мальчика к ведомственной
награде - медали «Доблесть и отвага».*

*В честь мальчика на телебашне Брянска
появилась светящаяся надпись «Федор - ты
наш герой!».*

*Из издания "Звезда": "Поддержать мальчика
в Брянск приезжают активисты, волонтеры
и просто неравнодушные граждане со всей
страны. Одиннадцатилетний герой стал
настоящим символом мужества - его подвиг
уже вдохновил российских художников и
поэтов".*

И меня…

Жил мальчик в Брянске, ростом был с енота.

Храня в кармане горсть родной земли,

Закрыл собою амбразуру дзота,

Когда враги в родимый Брянск пришли.

Ему снаряды тело пронизали

И ран в груди пробили двадцать пять,

Пока его фашисты в плен не взяли

И зверски там не начали пытать.

Ему пилою пальцы отрезали

И флаг российский зажигалкой жгли,

А он глядел веселыми глазами,

Держа в кармане горсть родной земли.

Потом его распяли на сарае,

Сперва раздев до ситцевых трусов.

Но он сбежал и скрылся, умирая,

Сорвав зубами кованый засов.

И мать его, рыдая, понимает:

Он жизнь отдал за родину свою.

Он горсть родной земли в руке сжимает,

Давая журналистам интервью.

Про енота

Z-поэтесса Анна Долгарева осенью 2022 года написала в своём телеграм-канале: «У меня очень просили хороших новостей по Херсону, но, реально, единственная хорошая новость в том, что мой товарищ успел покрасть енота из Херсонского зоопарка».

Один енот, спокойно корм кусая,

Едва не повредился головой,

Услышав крик: «Енотов не бросаем!

Бери енота, выглядит как свой».

Привычно рявкнул командир погрузки:

«Енота к амуниции положь.

Он точно наш, он даже мордой русский,

Он так на батю моего похож!»

Не прихватив чего-нибудь на память,

Великоросс назад не повернёт.

Пускай Херсон приказано оставить,

Но из Херсона вывезен енот!

Бойцы не зря здоровьем рисковали:

Кто с курицей, кто с уткой, кто с гусем, -

Весь зоопарк до нас разворовали,

А мы енота русского спасём!

Шла СВО куда-то как по нотам:

Как доложили Путину В.В.,

Когда в Херсоне спиздили енота

И сделали экспертом на ТВ.

Баллада о патриотическом поэте

Один поэт напился водки

В один российский выходной

И зарыдал, читая сводки

Спецоперации родной.

Уже не пилось и не елось,

Но не ползлось ещё в кровать,

Спецоперацию хотелось

Ему стихами воспевать.

Он представлял себя на танке

С гербом на потной голове,

Когда он нюхает портянки

И вспоминает о Москве.

Как он проходит по раздолью

Чужому русским сапогом,

Его встречают хлебом с солью

И унитазом с утюгом,

Как он постреливает классно

По журналистам разных стран

И как он после сладострастно

Целует Путина в экран…

Как он активной молодежи

Пиздит про ближние бои,

А с ним на сцене - ну и рожи!

Не перепутаешь - свои!

Своих в восторге обнимая,

Он погрузился в сладкий сон,

И пробудился, понимая,

Что наступают на Херсон.

Тогда он, поразмыслив трезво,

К стихам утратил интерес.

Спецопера… в размер не лезла,

И в танк бы жопой не пролез.

***

Не доверяйте новостям:

Пиздец приходит по частям.

Ты думаешь, что вот он, здесь,

А он пришёл ещё не весь.

Проснёшься завтра с утреца -

Ещё немного пиздеца.

И он все ярче и видней,

Все шире, выше и длинней.

Однажды встанешь: ну и ну,

Пиздец размером со страну.

Какой пиздец произвели!

Отдайте нам ещё земли,

Поскольку он в родную Ж

Не помещается уже.

СОДЕРЖАНИЕ

**Наталья Резник
О людях и тараканах**

First Edition

*Design and typesetting: Virgola Press
Published in 2025 by Virgola Press, New York
https://virgolapress.com*

www.ingramcontent.com/pod-product-compliance
Lightning Source LLC
Chambersburg PA
CBHW031547310726
48971CB00008B/2657